ピュアな心たちへ

高田C
Takada C

文芸社

ピュアな心たちへ　目次

ピュアな心たちへ

わたしはいつの間にか像を刻んでいたのです。

思いのままに像を刻んでいたのです。

その像は人間のようで、よく見ると人間ではありませんでした。目が頭の後ろにもありましたし、口は二つもありました。手は全部で五本もありました。

奇妙な形でしたが、わたしはこの像をとても愛し、いつもきれいに磨き、金のメッキを施し、高くかかげたのです。わたしは毎日この像を眺め、傷のないことを確認し、ほっとするのでした。わたしは何もすることがない時には、この像を眺めて過ごしました。

また、何も食べるものがない時も、この像を眺めることで満足しました。わたしは何年も何年もそうして過ごしてきたのでした。

ある夏の日の午後、激しい豪雨とともに雷鳴がとどろいた時、金のメッキを施された像を見ると、像の全体に細かいひびが入っていることに気づきました。

次の瞬間、像は粉々に砕け落ち、驚いたことに、その像の中から、一人の人間が飛び出してきたのです。

呆然としながらも、目はその人間をとらえ、どこか見覚えがあるように思ったのです。

よく見るとそれはいつも鏡に映る「わたし」そのものであることがわかりました。もう一人の自分がそこに立ちつくしていました。

わたしは事と次第を把握しきれずに、ただじっと見つめるしかありませんでした。正直に言いますと、それまでいつも鏡を眺めていた時に感じていたのとは違う、いとおしさがこみ上げてきていたのです。わたしはもう一人の自分を、この手に感じたいと思いました。知らないうちにかけより近づき、そして触れようとしたその時、思いのほか力が入っていたせいか、わたしは、壁に突き当たりよろけてしまいました。肉体の感触が無かったのです。わたしは小声で叫んでいました。

「あなたは誰？」もう一人の自分は何も言わずに、少し微笑んで近くにあった椅子に腰をおろしました。

言葉を失ったままどれくらいの時間が過ぎたでしょう、わたしたちは互いに沈黙のまま、見つめ合っていました。

しばらくして、もう一人の自分が口を開きました。

何かを話しているようですが、聞こえません。よく耳をすまし、全神経を集中し、何度も聞きなおしてみた時に、ようやく理解することができました。

「あなたが刻んだ像は、あなたが愛していたのは、あなた自身だったのよ。」

あの像がわたし自身……わたしは無意識のうちに首を

横に振っていました。するとすかさず、もう一人の自分が、「それでいいのよ、間違っていないのよ。」と、付け加えて言いました。今度は楽に聞き取ることができたことを感じつつ、わたしは混乱する頭を整理しようと努めました。わたしは何かを話さなくては、と思ったのですが、何も言葉になりませんでした。もう一人の自分が続けました。

「あなた自身を、そのまま見つめて……そのままのあなたを受け入れて、お願い。」そう言いました。

わたしは次の瞬間、全く別な空間に引き込まれていくのを感じていました。わたしが立っている部分だけが高くせり上がって、宙へと一人舞い上がっていくのを感じていました。わたしの足の下でわたしを支えている高くせり上がったものは、もちろん地面などではなく、いつしかそれが、無数の手であることに気づきました。
……いったいこれはなんなのだろう。この不思議な世界にいるのはわたし一人なのだろうか……誰も答えるものはいませんでしたが、わたしは急速に変化してゆく自分の心を感じていました。わたしを支えている一つ一つの手の存在をいつしか優しい生き物のように理解している自分を感じているのでした。たくさんの手がわたしを導き、一つの扉の前にわたしを立たせました。わたしは誰にも教えられているわけではないのに、その扉が「過去」という名の扉であることを理解していました。扉を開けると、静かなメロディーにのって、歌が流れていることに気づきました。

過去という名の扉を開き
歩みを進めるあなたの勇気

けっして無駄にはいたしません
大事な時を迎えたのです

過去という名の扉の奥には
いくつもの部屋が並びます
確かめてほしい　あなた自身で
大事な時を迎えたのです

過去という名の扉の向こう
優しい空気と柔らかい光
あなたのために用意して
満ちる時を待っていました

わたしは促されるように、歩みを進めました。確かにいくつもの空間に区切られていることがわかります。不安ではありましたが、初めに感じた恐れはいつしか消え去っていたのです。一口で過去と言っても、誰にでもあるただの過去の出来事もあります。けれど忘れたはずの過去もあるのです。区切られた空間を通過する時、私は何を感じるのでしょう。美しいことばかりを予測することはできませんでした。

回想 一

いろんな事を学びました
けれど
風が吹けば
どこかへ飛んでゆきました

そして
小さな罪を重ねたのです
人の顔色を窺《うかが》いながら
もくろみを隠しながら

それでもなお
気づかない意識の外側で
わたしはどこまでも

導かれてゆきました
様々な雑多な事柄にうずもれながらも
淘汰されてゆく
この身になせる業がありました

罪

わたしのおろかな過ちが
雪のように降り積もり
凍りついて固まって
置き去りにされているようです
誰もが避けて通るほど
冷たく凍りついています

見ているしかないわたしなので
ただ暖かい陽の光に
解けてなくなるその時を
待ち望んでは
夢見ています

この足で

この足で踏みにじってしまった
小さないたわり
さりげない親切
ささやかな愛、平安、温もり

なぜなのだろう
すさむ心を自ら求めて荒れる

この足で踏みにじってしまった
砂で作った美しい山
もとどおりにはできない
突然
この足で踏みにじってしまった

若い頃

色々なものを
軽蔑していた
やさしすぎるもの
正しすぎるもの
平凡すぎるもの
自分自身をも
愛さないものがあるのに
それは秘密だった
愛せない
自分を認めて
密かに苦しんだ

本当は

こわれることのないなにものかを
探し続けていた
若い頃

わたしの馬鹿を

わたしの馬鹿を突付くから
わたしの馬鹿を笑うから
わたしの馬鹿をあおるから
わたしはもっと馬鹿になる
望みどおりの馬鹿になる

愚か者がつぶやく

わたしはスクリーンに映し出される映画のように、あらゆる過去の出来事を思い出していたのです。自信と希望に満ちた言葉も誰かを傷つけていたという事実。嘘をついてごまかした多くの出来事。高慢にも多くの人を軽蔑してきたという事実。人の罪を追及し問い詰めたこと。わたしを去っていった人もいたという事実。

どれも受け入れ難く醜い自分の姿であると認めていました。忘れた思い出ではなく、脳裏に焼き付いていた出来事であると改めて感じていました。過去という名の仕切られた空間は、まだまだ続いています。それでもわたしは重苦しい何かをかき分けるように、進んでいくことを決意していました。

回想 二

光り輝く石を見分ける
あなたの力が
少しずつ私を
変えてゆきました
あなたそのものが
一つの大きな
プレゼントでした

深いところから湧き上がる
喜びの瞬間に出逢うたび
痛みを伴う導きを
黙して受け入れてゆきました
罪というレッテルを

貼ったのは
自分であることにも
気づかずに
うなだれて歩いていきました
傷ついた心を
引きずりながらも
あなたと私の歩幅が
同じことを知ったのは
希望の星を
見つけたようでした

回想 三

不安の後に求めたのは
人の温もり
人と同じであることに
ずるさも覚えた
また不安がやってきて
同じことを繰り返した
風が吹き荒れて
髪が乱され
雨に打たれて
心乱され
求めるものすら定まらず
歩き続けた

それは螺旋階段を
ゆっくり昇るようなもの
堂々巡りのようだけど
上の階へと進んでゆく
心の内の片隅で
天空の分厚い雲が割れたなら
そこから必ず光が射すと
ぼんやりと信じていた

孤独と素直に向き合えた時
あまりに素直になれた時
静かに穏やかに
心は静まりかえっていった

モグラの日

真実はそれほど美しいわけではなく
語る値打ちのあるものは
ほんのわずかばかりです

くちびるの端っこがムズムズと
勝手に動き出しそうな日は
モグラのように穴を掘り
深く暖かい土の中
静かに眠っていたいものです

朝になったらヒョッコリと
何も知らない顔をして
スルッと穴から

出ていきましょう

自分探し

あの人を知らないというだけで
残酷になれたわたし
あの人を知っているというだけで
卑屈《ひくつ》になったわたし

自分探しの遊びの途中で気がついた
からみついた薄皮を
一枚一枚はいでゆく
その薄皮は
不要な醜い抜け殻のようであり
美しくもろいベールのようでもある

嘆き

全ての嘆きを粉々に
砕いてそれを手のひらにのせ
ふっと一息かけたなら
いつのまにやらタンポポの
綿毛のようにふわふわと
いろんなところに
飛んでって
いつのまにやら
かわいい花を
咲かすことができたなら
嘆きも
無駄にはならないのにね

ある時ふと

どんなに美しく装っても
どんなに豊かな知識を得ても
どんなに自分の感情を
コントロールできても
ある時ふと
たった一人の人の微笑みを
無視したことを思い出しては
消すことのできない出来事を
悔やんだりする

そして
ある時ふと
わたしの心の真ん中の

やわらかな
感情の源泉を
自らの手で
温めるしかないことに
うなずいたりする

前へ

長すぎる
暗すぎるトンネル
そう感じる時がある
光に出会うことが
二度とないように
そう感じる時がある
歩いていくことさえ気だるくて
引き返そうかと
迷う時がある

それでもトンネルの
向こう側の
新たな風に吹かれたいなら

歩みを進める他はない
まだ見ぬ光を信じることなく
歩みを進めるわけにはいかない

小心

ほんの少しの無視も軽蔑も
わたしはひどく恐れます
ひどく恐れてしまうのです
その恐れていることを
誰も知らない空間で
平気で行う自分があります
その全てに気づくことを恐れます

恐れを取り除く
唯一の方法は
……愛……
それも本物の「愛」ということです
それは

自分を無にして軽くなった瞬間か
分厚いエネルギーのトンネルを
抜けた時のみ
理解できるらしいのです

ほんの小さな賞賛を求め
ほんの小さないたずらを責め
ほんの小さな過ちを笑う
ただ目に映るものだけしか
見ようとしない
貧しい自分を
殻のような自分を
脱ぎさるために
今、トンネルを抜ける道を選び
懸命に歩いているところです

どうやら「過去」という名の空間を通り抜けたようです。一つ一つ繙《ひもと》いてゆくように、確認してきた、と思いました。しばらくして気がつけば、わたしは再び自分の部屋の先ほどと同じところに立っているのを知りました。そして先ほどと同じように、椅子に座っているもう一人の自分が言うのでした。

「あなたを受け入れるということは、あなた自身が赦されること、そして新しい光に向かって歩いていくことを意味するのよ。」

ぽかんとしているわたしに続けて言いました。

「あなたは本当によくやってきたわよ。ものさしがあるとしたなら、あなたはいつもその平均値をよく意識して頑張ってきたのを知っているわ。でもね、目に見えるものは実はそれほど重要ではないの。そろそろそのことに気づいてもいい頃だと思って……そう、わたしはそのことを伝えたかったのよ。そして自分自身を解放してあげることの喜びを、知ってほしいと願っているのよ。心から。わたしが伝えたいのはね、ただそれだけよ。」

そこまで言うと、じっと黙って微笑んでいました。

今まで気づくこともなく過ごしてきたけれど、わたしの『過去』には、暗闇に葬り去ろうとしていた自分自身の「影」とでも言えばいいのでしょうか、そんな暗さと、どこまでも自分自身を明るく信じ抜こうとする力、これはいったいどこから来るのでしょう、この両面が存在していることを、静かな心は認めていました。自分自身を愛する心と、愛することを捨て去ろうとする心とが共存している。その暗い影をどこかへ葬り去ることができたなら、どれほど楽だったでしょうか。しかしそれは自分の力でできることではありませんでした。また振り返って確認するということも自分自身に認めることはなかったのです。

「ゆるされる」？……考えたこともなかった。ユルサレル……もし、自分自身が赦されるべき存在ならば、……ゆるされたい、ユルサレタイ、ゆるしたい……そう、心から赦されたいと望もう……そう思いました。

「そうよ、それがいいわ。人間たちは、小さな問題を難しくするのが好きだからね。とてもシンプルなわたしたちのメッセージが届くはずもないのよね。」もう一人の自分がわたしと視線を合わせることもなくブツブツと独り言のようにつぶやいていました。そしてわたしのほうに向き直って話しかけてきました。

「あなたにはまだ別の扉を開くという使命があるわよ。きっとその扉の前に行くとあなたは、そのもたらす意味をすぐに理解するはずよ。さあ、その扉も開いて前へと進んでいきなさい。」

　初めに感じた不安をよそに、わたしはなぜだかとても穏やかな自分を感じていました。一人でいることにも不思議なほどに恐れがないのです。わたしの足は軽くなって、思いのほか、前へと歩みが進むのです。わたしは再び前方に新たな扉があることが見て取れる、その道を進んでいることに気づきました。わたしはたぶんあの扉も開くことになるのでしょう。その扉が近づいてきます。わたしは扉の前で立ち止まりました。この扉は「出逢い」。わたしから誰かに発信された私の思い……です。そう、わたしの思いたちの扉です。

初恋

小さな時に予感してたの
あなたに初めて逢った時
水色の夢ひろがったわ
風に流れる雲のように
どこまでも一緒ねと
あの日思ったの

寄り添うだけで幸せだった
あなたの全てが知りたくて
悲しいほどに見つめたわね
あふれる想い抱きしめて
同じ夢つかもうと
あの日追いかけた

そんなに先を急がないでと
ちょっぴりわがまま言いました
気づいた時には翼もつ
あなたの背中光っていた
時は満ちさよならと
あの日つぶやいた

真実

苦しみが深いほど
悲しみが深いほど
それを語る人は
どこにもいない
時の流れの中で
消し去ることのできぬものを
反芻し噛みしめる
やがて語ることが
何かを変えるということもなく
語ることのみが
残されていることに
気づくとき
人はその重い口を

開き出す
閉ざされた
厚い扉の向こう側には
忘れてはならない訓戒や
まだ輝きを失わぬ
愛のかけらを
見つけることができる

わたしの世界

以前のわたしは
理解のない世界に
生きることには
耐えられなかった
そして精一杯だった

今のわたしは
理解を忘れた空間で
自然な気楽さの中にいる

実はどちらも
それほど変わりがないらしい
違いといえば

わたしが持っているサングラスを
ちょっと
かけかえてみただけのことらしい

わたしの心

わたしの心はどこまで広い
どこからどこまで
行けるのかしら
壁があるようでないようで
ちょっとふわふわ
歩きにくい
どうやら
手すりはなさそうね

一生懸命歩いているのに
堅い壁にぶつかると
わたしはちょっと悲しくなるの

青い空に包まれて
美しい風が流れている
広い広い草原が
それがわたしの心なら
どんなに
うれしいことでしょう

恋

スクエアな生き方を
望まなかった人に恋をし
スクエアな生き方を
勧められ守られた
若さの満ち満ちる時を
わたしは人形のように
ひっそりととりすまし
かたすみで生きていた
孤独を愛することができたのは
恋をしていたからでしょうか

小さな願い

言葉をあやつる巧みさよりも
言葉のいらない優しさが好き

ただ目を見て微笑んで
あなたの温もりを感じたい
変わらないあなたを感じたい

こんなに気まぐれなわたしだけれど
それだけで
もう半分以上
幸せなのです

愛する人へ

エキセントリックな心を隠し
四角い枠におさまろうとしてみても
似合わないあなたを見るのは
ちょっと辛い

あなたの真の喜びよ
それは遠いところに
あるのかもしれない
きっと遠いところに
輝いているに違いない

だからわたしは
あなたの近くのものから

集めていきます
一緒に
遠くまで行くために

恋の季節

初めの恋は春の若木の新芽のよう
やわらかくて、やさしくて
だけどどこか凜として
生きていることを満喫している
力強さもあったりして
だって毎日会うだけで
声聞くだけで満たされる
ひとりよがりの
小さな小さな恋だったから

二度目の恋は夏の日暮れの防波堤
一人釣り糸垂れるよう
あきらめきれずにいつまでも

釣りあげるのは思い出ばかり
夜空の星にも願いをかけた
あんなに手紙を書いたのに
ようやく言えた「さようなら」

三度目の恋は
秋の枯れ葉のじゅうたんの上
あなたはやさしく手をとって
一緒に歩いてくれました
あなたもきっと三度目くらい
でも、確かめる必要はなかったわ
温かい手が力強くて
ずっと一緒とわかったから
冬の木枯らし吹く今も
こうしてとなりを歩いている

おしゃれ

手作りの麻混のスカート
黒のジャケットは
ちょっと素敵なラインが出るの
プリントのシャツブラウスは
春の日に……
わたしなりのおしゃれを
楽しんでいます

いつも優しいものごしで
目の前にいる一人の人を
大切にするの
あくまで自然体で
深い思いを

さりげなく伝えられたら
…………
そんなおしゃれも
楽しみたいと
思っています

友達に

あなたの肩に手をおいて
あなたの髪を整えて
「友達」の印の温もりを
伝えたいと思います
あなたとわたしの渇いたのどを
潤せるかと……
メッセージを送ります

薄っぺらな小さな愛が
あなたを傷つけてしまうでしょうか
あなたの答えがノーサンキューでも
かまいません

ささやかな愛を空気に溶かして
気にもならない
オトナのわたしのはずですから

あなたの微笑み

あなたの微笑みを見るだけで
世界はちょっぴり明るくなって
時には広くなったりもする

あなたの微笑みを見るだけで
こんがらがった
糸の端っこを見つけ出し
時には大切な何かに
気づくこともある

あなたの微笑みを見るだけで
爽やかな風を含んだ翼を得たり
心地よい諭しのブレーキを

かけることもできる
だからあなたの微笑みを
失いたくない

うねりの中で

予想もしない
大きな波が打ち寄せて
そのうねりの中に
飲み込まれてしまっても
浮草のように
ただようしかないわたしたち

しっかり手をつなぎあいましょう
あなたの体温から
その思いの全てを感じ
わたしも同じであることを
伝えましょう

強すぎるうねりの渦の
ただ中で
憎むことも悲しむことも
忘れているのは
一つの幸せ
研ぎ澄まされてゆくのは
祈りの言葉

刻まれている優しさ

傷めた肩をかばいながら
あなたは家路につきました
コートの下のおろしたての
ワイシャツは
かぎ裂きに引き裂かれていましたね
命を張って守る為に受けた傷とは
あの時すぐにはわからなかった

砕け散ることだけの望み……なんて

守られた命が一つあるはずですが
きっとそれでよかったと
それでよかったと信じたい

あの時以来わたしの胸に
あなたの勇気と愛の刻印が
しっかり押されているのです

小さな幸せ見つけながら
歩みを進めている時の
果てない冬の寒空に
しばし立ち尽くしたあの日のこと
幸せなのに、幸せなのに
涙がポロポロこぼれ落ちた

虚無の中の拾いもの

逢うほどに
語るほどに
虚無という名の風が吹き荒れ
全てを空に舞い上げる

この手に落ちた一つの木の実は
新しい言葉の種として
心の内の土の下
そっと眠らせておきましょう

部屋の片隅で

一つの言葉に裏切られ
砕かれた夢抱きとめたまま
涙のふちに沈んでいった
白い部屋の片隅に
そんなあなたを見つけたとき
そっと駆けより抱きしめた
ああわたしの心の半分は
こんなにも傷ついていたのですね
ああこんなにも
傷ついていたのですね

小さな旅

賢治さんは教えてくれた
いつも静かに笑っていなさいと
とてもやさしく響いたので
わたしは素直に受け入れた

ある夏の朝
ふと気がついた
その意味を知らない自分に
わたしは小さな荷造りをして
小さな旅に出ることにした
賢治さんの愛した
木々や小川や風や星
彼らは何かを知っているかしら

旅の途中でメモを取ります
「調和」……調和とは
ただそれだけで
一つの愛の証し
人の間の調和に欠かせないもの
それは
見えない部分に気づく心

空っぽの微笑みに
少し中身を詰めました
わたしの小さな旅のメモは
まだ続きます

泉のように

森の奥に湧き出している泉
主張しすぎず
遠慮しすぎず
豊かな水を湛《たた》え佇《たたず》む
一途に純粋に
とどまることを知らない
無色透明の天然水
人々ののどを潤す
全てを受けとめ
あるがままを
映す水面

泉のような愛の詩を

あふれるように
書いてみたい
誰かの心に流れていって
そこにくぼみがあったなら
ほんのひとしずくでも
とどまってみたい

砂粒

年を重ねたあなたの心に
温かいミルクを注ぐ
マグカップ一つ

注がれたのは
小さな砂粒のような
喜びと悲しみと夢と後悔と
悩みと希望と苦しみと痛みと
そして
間違いだらけの数式とが
たくさんたくさん
注がれて
カップからあふれた

わたしの手のひらに
分けてくれた砂粒は
いつの間にか
愛という名の宝石に
変わっていた

海の底では

僕たちみんな
根無し草のように見えるけど
僕たちみんな
川面に漂う
小舟のように見えるけど
誰も知らない
深い深い海の底
みんな一つにつながっている

僕たち時折
ポッカリ顔を合わすのは
誰も知らない
深い深い海の底

波のいたずらか
風のいたずらか
そのからくりの不思議さに
気づく時なのか

悩みの時に

あなたが苦汁をなめる時
わたしは一つの誇りを持とう
選ばれた者ゆえの
単なる一つの儀式だから

何かを失い
ぽっかり穴があく時に
その中には新たなる
真理の息吹が吹き込まれ
体のすみまで満ち満ちて
本当の幸せ
得られるというから

あなたが闇に迷う時
わたしは一筋の光を探そう
深すぎる闇を切り裂く
聖なる光を

約束

悩みの底に沈む君の
肩はこんなにも
細いものだったのか
闘うことをやめてしまった君の
手はこんなにも
白いものだったのか

冷えきった肩を包み
手をとって
わたしができることといえば
再び共に祈ることだけど
確かにそれが
天に届くと

わたしが代わりに約束することを
神様
どうかゆるして下さい

祈り

どんよりしたこの空のことも
交差点でつまった渋滞のことも
少女の小さな初恋のことも
どこかで行われている
戦いのことも
みんなご存じなのですね

大きな波のような圧力に
ただ身を任せるしかない時に
倒れてひきずる
荷の重すぎる時に
何故！　と叫ぶわたしたち

その向こう側にあるものを
まさぐり求めて立ち上がる時に
どうか！　と強い祈りを捧げます

刹那のこの世を踏み越えて
本物になるしかない道を
ただひたすら
歩み続けます

誕生日に

目に映るものを
全て言葉に表した少女の頃
見えるものしか知らなかった
時折そこに雲がかげり
悲しみのひとかけを
喜びのひとかけを
言葉の向こうに置いてきた
オトナになって
気づいた罪のひとかけを
言葉の向こうに置いてきた
ちょっぴり疲れてきた頃に
言葉の向こうの暗闇に
光る何かに気がついた

幻のような瞬く光も
やがて確かな輝きになると
心の内に予感を秘めて
言葉を超えた暗闇を
見つめるわたしは
今が好き

一つの輪

この世の中には
隠し通せるものなど
何もないのですね
善も悪も喜びも悲しみも
いつかは全てが明らかに
なるのですね
心の奥の奥深くに
封じ込めて忘れたはずの
思い出たちも
いつかは光の中に
放たれる時が
くるのですね
そしてきっと

全部がつながって
鮮明な一つの輪を
作り出すのですね

それは
わたしの胸に輝くネックレス？
それとも
わたしの足をひきずる
枷《かせ》でしょうか？

お願い

この星のルールを知って
上手にきれいに
歩いてゆけたらと思うけど
どうもわたしには
難しかったり
抵抗があったり
つまずいては
落とし物や忘れ物も
多いのです

あんまり心細いので
聖なる偉大な力を信じて
味方になっていただけたらと

願ったりします
どうか信じている分だけは
落とし物や忘れ物を
拾っておいて下さいませ

通過点

祈り疲れ
望み疲れ
力尽き倒れ
土をなめる

皮肉なことに
聖なる力を
仰ぎ、慕い、求め
従わんと歩む時に
通過する一点

この一点はやがて気づくのだ
ほんの一点であったということに

ほんの通過点であったということに

今

悲しみは
愛の深さに気づくために
沈黙は
希望の光を見出すために
損失は
豊かさを確かめるために
恐れは
勇気を呼び覚ますために
孤独は
友を得た喜びを知るために
迷いは
新たな扉を開くために
憎しみは

赦しの喜びに満たされるために
過ちは
初めの時に立ち返るために

そう
背中合わせの
何かに気づくために
今を歩んでいるのです

パワー全開で
突き進んでいきたいね
今という時

自分の足で

小さな怒りを恨みに変えて
持ち続けるのは
自分の意思で歩いていくことを
放棄した印です
誰かの言葉に流されて
右へ左へと
まるで水面に漂う
枯れ葉のようじゃないですか
それは悲しくも愚かな時間となります

わたしたちは
自分の道を自分の足で歩きたいので
だから

そんなちっぽけでつまらないものは
自分の意思で捨て去ります
今より先の次の時間は
自分の意思で選びます
さあ肩の力は抜きさって
これからのために微笑みます
心地よい挨拶を交わします
快活に誰かのプラスを愛します

気がつけば
爽やかな風が
心の内を通り抜けます

時計

心の中に時計があります
大きな針と小さな針と
そして
忘れてならないのは
秒針なのです

全ての人の
時計の針の動きを
見ている方がいます
どんな小さな針の動きも
決して見逃さない方がいます
全ての人の
刻々と変わる秒針の動きさえ

しっかりとらえて下さっています
だから
安心して前に歩いていきなさい
四時十三分だった時のことだったら
もう忘れてかまわないのです
四時十三分を
覚えている人がいることを
気に病むのは
もうおやめなさい
あなたもだれかさんの
四時十三分を
そっと忘れておあげなさい

ゆるみ

誰かの言葉のひとかけらが
あなたの心の傷跡に触れて
あの痛みを思い出したのね
誰かをきらいになることに
あなたは決めたようだけど
私の心がチクリとなった

ブレーキにさえゆるみが必要よ
張り詰めすぎれば危険度が増すわ
どうでもいいような
ほんの少しのゆるみがあれば
もう少し楽になれるはず
ほんのひとかけらで

全てを判断してはいけないわ
全てを判断なんて
できるはずもないことよ

どんな時にも
あいまいなゆるみの余裕をとっておいて
それは本当に大切なこと
誰かとあなたを守るため
ゆるしゆるされるために

少しのゆるみが
大人のあなたの
輝きを増すの

回想四

全てを知っていたのですね
少しばかりの成長のために
かなりのエネルギーが必要ですね
理解していると思っていたのは
理解とはだいぶ違うものでした
生涯かけてどれほどの
本当のことを
知るのでしょうね

美しいパッチワークのよう
組み合わせてはつなぎ合わせる
その業に驚くばかりの私たち

今はただ目の前の
一人の人を大事にします
どこまでできるかわからないけど
そうありたいと思います
これはとても小さなこと
小さくても素晴らしいこと
気づいた小さいわたしのことを
どうやら
好きになれそうなのです
そこには小さな輪が生まれます
それが確かに広がってゆきます

これまでのこと
本当にありがとうございます

やがてこの空間も通り抜けたことを知りました。わたしは、もう一人の自分を探しました。隣にふと目をやると、もう一人の自分が共に歩んでいることに気づきました。歩きながらもう一人の自分が話しかけてきます。

「わたしは、神に仕えて人間たちの虚構の世界を管理しているの。人間たちはみんな問題を難しくしては色々試しているようだけど、ほとんどの場合、もう一つの虚構の世界を作っていて、自分自身をそこへ追い込んでいくのね。そして、時につまずき、傷つき、気がつけば結局ここに帰ってくる。つまり本当の自分自身を見出すというただそれだけのことに、安らぎを見つけるの……。あなたもこれできっと安らぎを見つけることができるはずよ。」

わたしは思わず一言を発しました。

「ありがとう。」そしてぼんやり考えました。扉を開けるのはこれで終わりなのだろうか……。もう一人の自分がすかさずそれに答えるように話しかけてきました。

「もう一つだけ開けるべき扉があるわよ。でもこれは、あなた自身の中にあるあなたへの贈り物、みたいなものよ。だからこの扉を開けるのは楽しみにしてほしいと思っているわ。」と、もう一人の自分は微笑みながら言いました。あたりを見回したわたしは、前方に小さな扉の存在を確認しました。もう一人の自分はすでに姿を消していました。わたしが次に開くべき扉は、「風景」という名の扉であることを理解していました。わたしは心なしか背筋をピンと伸ばしていました。わたしは再び一つの扉を見据えながら歩み始めていました。そして近づいてくる扉を開く準備をしました。新たな一歩を踏み入れます。

春

それは「始まり」にふさわしく
彩られ香る
冷たく固い扉が開かれ
新しい命が宿り輝く

動き出しそして気づく

芽吹いた若葉が
ありたけの力で
水を求め空は恵む
雨上がりの午後のひととき
静かな森の奥深く
木立の息づかいに

むせかえるよう

愛は

愛は目立たぬところで
ひっそりと咲く花のよう
冷たい冬を耐え忍び
固い土を押しのけて
踏まれても踏まれても
なお強く生きる
命と希望と誇りを与える
あまりにも自然な優しさよ
あまりにも貴い微笑みよ

春の陽が似合う　らっぱ水仙
風にそよぐ雪柳
本当の愛はそんなふうに

さりげないもの

桜

一年に一度
その季節がやってくることを
誰もが知っている
固かったつぼみが一気に花開き
淡いピンクが
山を広場を飾る
通りが華やぐ
繰り返される同じ光景
その短いひとときを
誰もが待っている

今年もまた
その季節はやってきた

それは決まって
予想以上に
誇らしい程に美しい
もの言わぬ桜の花びらは
一途な自然の恵みとともに
真の価値あるものの姿を知らしめる

若葉の下で

昨日のことを語るには
上天気過ぎやしませんか
肩すかしされそうな
青い空
少し不安を感じます
一から十まで語ろうとして
試みた時ちょっと変
萌え出る若葉を見つめながら
もう一つ出来た物語

四月

頬をなでる風が
こんなにも暖かくなって
何故か全身で喜びたくなった
じっとしていられずに
目的もなく歩く
陽だまりの中で
まどろむだけの幸せがあることを
容易に認めてしまおう
わたしがわたしであることを
初めて知ったかのように
足の先から頭の先まで
脈打って流れている
血潮を感じる

雨

窓をたたく大粒の雨
激しく降り続く
窓越しに水滴を見つめる
筋を作って流れ落ちる

ぼんやり佇《たたず》むわたしの心を
次の瞬間
一つのきらめきが貫いた

水滴の粒で満たされてゆく
ガラスの向こう側
なんら変わりないものが
わたしを作りわたしを生かす

わたしの中に同じものが
満ちてゆく

生かされているわたし
養い育てられているわたし
伸びやかなわたし

短く永い瞬間は過ぎ去り
現実という扉の前で佇《たたず》むわたしは
なにもこだわることを
知らないはずの自分であった

夏

力強い白い雲が
南の空で生まれては流れる
海と空は
互いにその広さを強調し
青の安らぎへと誘う
まぶしすぎる光をさえぎって
木立はざわめき
懸命に風の存在を伝える
ベンチで休む
その人のコスチュームは
光と陰のおりなすレース編み
こもれびのもたらす心地よさ
夏の日の贈り物

十一月

ゆるいカーブの幹線道路
黄金に染まる
銀杏の並木を横切れば
広場へと続く散歩道
整えられた生垣は
山茶花《さざんか》の花赤々と
足早に歩く人を見送ります
ちりばめられた豊かな落ち葉が
サクッと乾いた音を立て
気がつけばそっと歩みを進めます

ニュータウンの二度目の秋は
心なしか優しい光を感じます

冬

雪も降らないのに
都会の風が
痛いほど冷たく
鋭く刺すようで
悲しくもないのに
涙が目の端っこに
溜まっては散ってゆくようで
厚いコートの襟を立て
凍える身を包み
孤独を隠す

北国の冬はもうすっかり
雪と馴染んでいることでしょう

人里離れた森の奥では
シ・ン・カ・ン　という
リズムにのって
氷のショーが始まるという

雪

白い小さな鳩のよう
群れをなして舞い降りてくる
次から次へと舞い降りてくる
ビルの谷間へ
細い路地裏へ
公園の生垣へ
駅の構内へ
一面をおおいつくす
とがめられることもなく
へつらうこともこびることもなく
白い世界が作り出される
いつの時代の人々にも
どんなところに住む人々にも

変わらずに無心に

わたしはとうとう扉の中の全ての空間を通りぬけてきました。わたしはとても落ち着いた気持ちで再びいつものわたしの部屋の中に立っていました。もう一人の自分が微笑みを浮かべ、わたしを迎えるように椅子から立ち上がりました。

「これで、あなたはもう大丈夫ね。」そう言い切ると、わたしたち二人の上からスポットライトのような光が差し込んできたのです。するともう一人の自分は、次第に透明な体と化して光の中に溶け込んでいくように見えました。わたしは、もう少し語り合いたいのに、という思いを言葉にすることもできずにいました。そして光とともに天に吸い込まれるようにして、もう一人の自分は徐々に消えていったのです。わたしのところに残った光は、暖かくわたしを包み、いつしか穏やかな優しい気持ちに満たされてゆくのでした。心に形があるとしたなら、明らかに変化していく瞬間とでも言ったらいいのでしょうか……。心の中のことですが、ずっしりと重かったものが消えていたのです。これを癒しと言うのでしょうか。しばらくして光が完全に消失していることに気づきました。

激しく雷鳴がとどろいた豪雨の日のことは、忘れることができません。あのとき以来、私は像を刻むことはなくなりました。その代わり、私は激しい雨が降った後の優しい光の中で、必ず自分自身に問うようになりました。「あなたは解放されていますか?」と。時には答えも返ってくるのです。寄せる波のように心の内にひろがるのです。

「あなたを取り巻く世界のことを小さな世界とは思わないでね。あらゆる可能性を秘めた、とても深く、広く、高い世界であるということを覚えておいてね。」

わたしはあの日もう一人の自分と語り合った時間のことを、大切な宝物として、心にしまってあります。そして、その宝物は、あれから少しずつですが増え続けているのです。

わたしたち一人一人を支えている大事なもののほとんどは、心の内にすでにあるもののようなのです。多くの場合は、気づくということがきっかけで、増えてゆくのです。

こんなふうに全ての根底にある心模様の変化に気づく誰かが、またどこかに見つかることを願いながら、わたしはこれからも受けとめた宝物を密かに集めてゆくつもりです。

あとがき

平凡に暮らすこのわたしも、時を重ねる中で綴らずにはいられないものが、いくらか溜まってゆきまして、少しずつ記して参りました。振り返ってみれば、この綴るという作業によって、その折々にずいぶん心はケアされてきたように思います。そしていくつかを束ねてみましたら、どなたかに分かち合う機会をと望むようになっておりました。そんなわたしの心の願いが、しぼむことなく成長を遂げて、どうやら時が満ちたようなのです。

文芸社の方との出会いによって、また応援してくださる奇特な友の協力を得て、もう一歩前へと進む機会が与えられたのです。ご協力いただいた皆様、本当にありがとうございます。こうして踏み出すことができましたこと、心より御礼申し上げます。

また、この本の読み手となってくださったあなた様、ありがとうございます。あなた様がいらっしゃらないことには、すべては始まることがなかったのです。わたしとしても何より、あなた様へのメッセージをふんだんにちりばめたつもりでもあるのです。心の内のどこかしらに響くこと、余韻となって残るものがあることを願いながら、綴りまとめました。

そして、これまでお世話になった方々への御礼にもなりますようにと、都合の良いことを考えております。しかし恐らく十分にはできないことになるのでしょうね。そんな失礼をこの場でお詫びさせていただきます。どこまでも調子のいいわたしです。

わたしのペンネーム「高田C」はちょっと変なペンネームでしょう？Cというのは、ビタミンCのイメージです。心の栄養素の一つとなれるような作品を書き続けたい、そんな願いを込めたペンネームです。Cといっても、一介の日本人でございます。

このペンネームを覚えていただき、久しくおつき合いいただける方が、いらっしゃいましたら幸いです。

高田C

著者プロフィール

高田 C（たかだ しー）

1958年7月13日生まれ。
東京都出身。
夫と義母との三人家族。
現在、介護職員として近隣の老人施設に勤務。

ピュアな心たちへ

2015年3月15日　初版第1刷発行
2023年12月20日　初版第2刷発行

著　者　高田 C
発行者　瓜谷 綱延
発行所　株式会社文芸社
〒160-0022　東京都新宿区新宿1－10－1
電話　03-5369-3060（代表）
03-5369-2299（販売）

印刷所　図書印刷株式会社

ISBN978-4-286-16027-6